Nota para los padres y encargados:

Los libros de *Read-it! Readers* son para niños que se inician en el maravilloso camino de la lectura. Estos hermosos libros fomentan la adquisición de destrezas de lectura y el amor a los libros.

 El NIVEL MORADO presenta temas y objetos básicos con palabras de alta frecuencia y patrones de lenguaje sencillos.

 El NIVEL ROJO presenta temas conocidos con palabras comunes y oraciones de patrones repetitivos.

 El NIVEL AZUL presenta nuevas ideas con un vocabulario más amplio y una estructura gramatical más variada.

 El NIVEL AMARILLO presenta ideas más elevadas, un vocabulario extenso y una amplia variedad en la estructura de las oraciones.

 El NIVEL VERDE presenta ideas más complejas, un vocabulario más variado y estructuras del lenguaje más extensas.

 El NIVEL ANARANJADO presenta una amplia de ideas y conceptos con vocabulario más elevado y estructuras gramaticales complejas.

Al leerle un libro a su pequeño, hágalo con calma y pause a menudo para hablar acerca de las ilustraciones. Pídale que pase las páginas y que señale los dibujos y las palabras conocidas. No olvide volverle a leer los cuentos o las partes de los cuentos que más le gusten.

No hay una forma correcta o incorrecta de compartir un libro con los niños. Saque el tiempo para leer con su niña o niño y transmítale así el legado de la lectura.

Adria F. Klein, Ph.D.
Profesora emérita, California State University
San Bernardino, California

Editor: Jill Kalz
Page Production: Zachary Trover
Creative Director: Keith Griffin
Editorial Director: Carol Jones
Managing Editor: Catherine Neitge
The illustrations in this book were created digitally.
Translation and page production: Spanish Educational Publishing, Ltd.
Spanish project management: Jennifer Gillis/Haw River Editorial

Picture Window Books
5115 Excelsior Boulevard
Suite 232
Minneapolis, MN 55416
877-845-8392
www.picturewindowbooks.com

Printed in the United States of America.

Library of Congress Cataloging-in-Publication Data
Jones, Christianne C.
[Paula's letter. Spanish]
La carta de Paula / por Christianne C. Jones ; ilustrado por Zachary Trover ;
traducción, Carlos Ruiz.
p. cm. — (Read-it! readers)
Summary: In the hopes of receiving some mail of her own, Paula writes a letter to
her grandparents.
ISBN 1-4048-1687-9 (hardcover)
[1. Letter writing—Fiction. 2. Letters—Fiction. 3. Spanish language materials.]
I. Trover, Zachary, ill. II. Ruiz, Carlos, 1949- III. Title. IV. Series.

PZ73.J56 2006
[E]—dc22   2005024753

La carta de Paula

por Christianne C. Jones
ilustrado por by Zachary Trover
Traducción: Carlos Ruiz

Con agradecimientos especiales a nuestras asesoras:

Adria F. Klein, Ph.D.
Profesora emérita, California State University
San Bernardino, California

Kathy Baxter, M.A.
Ex Coordinadora de Servicios Infantiles
Anoka County (Minnesota) Library

Susan Kesselring, M.A.
Alfabetizadora
Rosemount-Apple Valley-Eagan (Minnesota) School District

PiCTURE WiNDOW BOOKS
Minneapolis, Minnesota

La mamá de Paula recibe correo
todos los días.

Paula también quiere recibir correo.

¡A Paula se le ocurre
una gran idea!

Le va a escribir una carta a sus abuelos. Los abuelos le van a contestar. Así va a recibir correo.

Paula necesita papel.

9

Paula necesita un sobre.

También necesita un sello.

Paula y su mamá van a la oficina de correos y mandan la carta.

Paula se emociona cada vez
que su mamá trae el correo.

Pero Paula no recibe nada.

Paula espera y espera.

¿Dónde está su carta?

Un día, la mamá trae mucho correo.

Pero Paula no recibe una carta.

En cambio, Paula recibe una caja de sus abuelos. ¡La caja tiene muchos regalos!

Paula por fin recibió correo.

Más *Read-it! Readers*

Con ilustraciones vívidas y cuentos divertidos da gusto practicar la lectura. Busca más libros a tu nivel.

FICCIÓN

Bess y Tess	1-4048-1689-5
El cuadro de Mary	1-4048-1649-6
Un cuarto para dos	1-4048-1694-1
Dan pone la mesa	1-4048-1682-8
De pesca	1-4048-1684-4
Juanita juega	1-4048-1652-6
El lugar de Luis	1-4048-1688-7
El mejor futbolista	1-4048-1690-9
Mudanza	1-4048-1686-0
El primer día	1-4048-1627-5
Pruébalo	1-4048-1692-5
Acampar	1-4048-1681-X
Eric no juega	1-4048-1683-6
Fito y el pito	1-4048-1691-7
Meg sale a pasear	1-4048-1685-2
Vamos a compartir	1-4048-1693-3
Cansada de esperar	1-4048-1695-X

¿Buscas un título o un nivel específico? La lista completa de *Read-it! Readers* está en nuestro Web site: *www.picturewindowbooks.com*